《章魚墨汁我》

黨俊龍

目錄

自序

湯匙彎曲,萬物列隊前來
黨俊龍詩集《章魚墨汁我》/ 翁文嫻　　001

輯一　觸手的個別活動

河馬給我的感覺　　011

那爆開的花摘下來　　013

善良的水　　015

紅豆　　016

他是幸福的人　　017

打開門讓紅筷子進來　　019

故事　　021

生氣　　023

撿到一座湖　　025

蛋糕　　026

朋友　　027

給我死去的奶奶　　029

刺青　　031

你看過地衣嗎?　　033

他　　035

水草　　　　　　　　　　　　　　　　　　　　037

兒歌　　　　　　　　　　　　　　　　　　　　039

輯二　　牆壁跟海報的那種視線

神秘的皇后　　　　　　　　　　　　　　　　　041

蝴蝶蝴蝶　　　　　　　　　　　　　　　　　　043

揮揮手　　　　　　　　　　　　　　　　　　　045

相信小孩　　　　　　　　　　　　　　　　　　047

飛著的你　　　　　　　　　　　　　　　　　　049

長頸鹿噩夢　　　　　　　　　　　　　　　　　050

百香果　　　　　　　　　　　　　　　　　　　052

人或者雕像　　　　　　　　　　　　　　　　　054

水母　　　　　　　　　　　　　　　　　　　　056

光頭　　　　　　　　　　　　　　　　　　　　058

鴨子從天而降　　　　　　　　　　　　　　　　060

經過游泳池　　　　　　　　　　　　　　　　　062

　一體　　　　　　　　　　　　　　　　　　　064

茅草趕走蚊子　　　　　　　　　　　　　　　　066

在海邊　　　　　　　　　　　　　　　　　　　068

今晚　　　　　　　　　　　　　　　　　　　　069

覺悟　　　　　　　　　　　　　　　　　　　　071

在海上騎單車的小丑　　　　　　　　　　　　　072

我在草原中央看見袋鼠　　　　　　　　　　　　074

利用夏天	075
蝸牛殼碎掉的意義	076
停在空中	078
預言	080

輯三　吸盤多寡不影響步行

手指斷掉的感覺	081
在一間名叫大腦的酒吧發現鼻子不夠	082
好像	085
關聯	087
女巫來的時候	089
在海上騎腳踏車的小丑	090
我有一個抽屜有很多東西	092
寫生的自我誤會	095
雞的夢	096
我的腳邊冒出一顆顆水泡	098

輯四　我不含有意義及好的脂肪

洗衣少女	101
犀牛	103
謎語	104
我眼中的火災	105

冰糖	107
長大的證明	109
在沒有柳葉魚的餐廳	111
我製造的人	113
四月	115
閱讀對象	117
單純性	119
星星仙子令人生厭	121
為什麼花	123
春天的動作	124
咖啡豆要曬下來	125
合理化	127
我所尊敬的詩人	129
事情是這樣的,蘇菲亞	131
收藏	134
思想讓開	135
當我在想中跳遠	137
湯匙對我的反應	139
地上正心滿意足	141
苦艾酒在杯子裡	143
新尾巴	145
放慢皺這種現象	147
我小時候有件雨衣上面都是長頸鹿	149
不自然界	151
地中海烤蔬菜	153

自序

  我以為我一個人在海邊，一隻隻螃蟹經過我的腳邊，牠們是我的觀眾，看過我的詩後就不能開口，牠們要去剪東西了，比如月亮、船或者波浪。剪成各種形狀，海有多大，我的困惑就有多大。

  詩是我在海邊用沙子堆起來的，月亮會給它們顏色，船會給它們聲音，波浪會給它們沉迷。有些我讓它們成謎，成為這本海市蜃樓。螃蟹會保護它們，免於漁夫，免於清醒。

  我長出觸手，我攤開來，我要給大家看吸盤，我要分享一種知道，像深海船難撥開珠寶和硬幣之後，有我。

  我十分確定要在水裡進行，因為那裡沒有人。沒有人與我雷同，我是第一道也是最後一道雷，我要打中某棵石榴樹，給其中一顆石榴好看的花紋。

  破船上的漁夫在吃生冷罐頭且持續抱怨，我不怪他們。海浪那麼恆常那麼規律，我不怪他們。我不怪他們一無所獲。

  我仍要繼續顯示，我經過海水，但是毫髮無傷。我不含有意義及好的脂肪，但至少我引發過一場驚天動地的船難，而且至今下落不明。

感謝翁文嫻老師專文評論、王德威老師、李有成老師、唐捐老師及陳大為老師的推薦,也特別感謝劉秀美老師協助出版、學妹青婕的封面設計,以及東華大學華文系創作組的所有老師及同學。

湯匙彎曲，萬物列隊前來─讀黨俊龍詩集《章魚墨汁我》
翁文嫻

　　黨俊龍只見過一次，2019年東華華文所口考，之後幾乎消失了，我只一直掛念他的詩，出版嗎？有在什麼詩領域出現嗎？偶然問一下指導老師張寶云，說好像也沒有聯繫，每年畢業人這麼多，團團圍住。但我讀到他的詩，就永遠記得這樣的文字，雖然，口考時幾乎連交談都未有。

　　這次聽說他將出詩集，我馬上答應寫文。彷彿幾十年前，讀黃荷生的記憶又回來了，那時被他的文字世界嚇到，是不斷反覆讀、反覆咀嚼。終於，這樣超前預告式（1956年出版）的文字書寫，慢慢被接受下來。鄭慧如〈從翁文嫻之詩與詩學論詩之「難」〉[1]，說我的詩學有「難懂」與「難得」兩條線索，並非有挑戰者的勇力，真相可能是懶惰與容易厭煩。許多事物，一旦重覆不更新的就爬不上身來了，那些突兀的「怪物」類，總是生猛活力，一直聳動前來。

---

[1] 鄭慧如：〈從翁文嫻之詩與詩學論詩之「難」〉，《逢甲人文社會學報》第33期（2016年12月），頁1-24。

一、又濕又滑的巨大河馬

　　詩令我們更新存在的感知，多讀幾次，若干模樣內的流動次序悄悄移位。例如打開第一頁〈河馬給我的感覺〉：「河馬給我的感覺是一種滑／類似冰的啤酒瓶／我曾經摸過那種濕／詩是那種冒泡／我的杯子越來越小／我只看過一隻河馬／全身在哭泣／濕的那種／牠踩住夏天／一如雨那麼碎／我裝酒的杯那麼碎／比別人都碎／那些分割雨的鳥／牠們灰／準備弄髒這個世界／曾有一個望遠鏡屬於我／是我在夏天找到的／我用它來看我喜歡的人／那麼多隻河馬／我只看見他」

　　先前想說這詩無聊呢，我又沒有接觸過河馬，但唸到十多次之後，整隻河馬巨大的滑，就黏到身上不離去，因為牠是「冰的啤酒瓶」，裡面還有冒泡泡的詩，牠「全身在哭泣」，我用望遠鏡，只看見這隻哭泣的河馬。其他那麼多的都看不見。

　　我們不容易摸到河馬，但每天可以捧著啤酒，有酒冒泡就看見詩，就出現河馬了。河馬踩碎了夏天，牠哭得全身濕，詩人說是鳥的灰色弄髒這世界。

詩人說，我在夏天找到的這隻望遠鏡，就看見我喜歡的這隻河馬——牠全身的感覺是一種滑。

經過四段詩句的演變，我們好像隨著巨大的軀體，撫摸到又濕又滑的整個世界——這樣的第一首詩，是黨俊龍的詩觀嗎？

二、事物內裡的演變

俊龍詩的起頭，總有一個驚人的感覺，但不只因為這些世界總會變化，變化中寄寓著俊龍的「人生觀」：例如他和三個好朋友「我們喜歡彼此／儘管喜歡和討厭／這兩個詞那麼靠近」，又說「我們那麼靠近／像三隻烏鴉／長得一模一樣／站在樹上／樹枝也不敢斷掉」。這些句子，令人品味良久。

他都是用口語，盡量生活的情景，只是裡面的邏輯改變了，例如接著說：「太陽如果要把我們曬黑／全部都要一樣黑／如果要生火／我們三個躺下來／才有火」，結局更驚人：「火如果果要滅／我們三個一起滅／剩下的兩顆核桃／就留在一旁」（〈朋友〉）。因為第一段說三個人愛吃核桃，如果有五棵核桃，「剩下的兩顆／我們丟進火裡」。

他的詩前句可以連下一句讀，也可以不連讀，所以火也可能「把他們一起滅了」，只剩下那兩顆核桃，記載著三個朋友要平分要不分要流傳的故事？好像這些事理，又像故事，又不是一般人說的故事，天地宇宙時間，在俊龍內裡，都變成一體沒有分隔。平日說「匪夷所思」，彷彿都不恰當，過時了。我們沿著詩人，摸到一個重新分配的世界？〈你看過地衣嗎？〉「和尚把衣服／攤開鋪在地上／他問我／你看過地衣嗎？／我沒看過和尚／沒穿衣服／只看過不多的米／在他的碗裡／這些米四億年後／會變成粥／吃不完／就讓河水吃／四億年前／就有地衣了／你沒看過地衣嗎？／你穿你最美的一件衣服／到河裡洗澡／衣服放在岩石上／四億年前／有人洗澡／只是忘了拿他的衣服」

　　這詩一開頭就是天地沒有規範地驚人，但句子平易得如：「你今天吃飯了嗎？」要修練得如此「平復」，令人想到晉代《搜神記》的歷史官干寶，他修寫完所有晉史才想到：鬼神也是應該有部史書嗎？於是自蠱虫魚鴉之迷茫一直紀錄到晉代的鬼神。這部書有真正的「視野」，讀完之後，你覺得與任何的靈界「物質」站在一起，他們也是來來去去，一如你。不知黨俊龍如何修練的？但遇到這樣「平復」的當代人，連「驚動」都覺得不好意思哪！

一起頭說,如果和尚「沒穿衣服」,是很「人間性」的提問,我們會想許多「有的沒的」,但也或許這個和尚才是真正的「人」,不需要袈裟說明;或者,這個和尚一直保持赤體的天真,與萬民相見(我們開始想,那些台灣高僧的各種衣服,或如果他們都沒有衣服?褪掉任何的裝扮呢?)

前面說過,俊龍詩的敘事會起變化。詩內和尚的米不多,但經過四億年後,變成粥。這樣的粥吃不完,河水還可以吃(一直流至遠方?給不同的民族吃?)

地衣,是和尚穿得最美的一件衣服——我們讀著詩,去到有河邊的岩石上,彷彿看到那個和尚?自四億年前就在了,他吃過的食物流入河水,我們在河裡游泳吃到,等於一種修練嗎?一份感應?簡直就是四億年前的高僧,流進我的身體了——又明明白白地,河邊什麼都沒有(「我沒看過和尚/沒穿衣服」)

三、嘗試追索詩句內這個時代的「意識」

近日有人又不斷提到，我以前介紹過，法國莊皮亞・李察（Jean-Pierre Richard，1922-2019）對波特萊爾寫的詩學評論：

「我努力令自己去理解文學創作那最初的契機：當作品起於寂靜；當它自設於某一人類經驗的起點；當作者開始感知、感動而建立與實際創作接碰的剎那；當世界因這描繪行為本身、因語言默默疏解各項難題而出現了意義。以上所說，不過全在一剎那間……」[2]

俊龍詩句，目前還未能似波特萊爾的力量，疏解各項難題而令人忘記一切。但他明確提供一條繞道遠方的路徑，將我們平日時刻在意經營的「主體性」，瞬間移動，我們變成河馬，也是雞、河流、和尚、岩石、爸爸、老人，也是小孩……。是各種物質：湯匙、冰糖、啤酒泡泡、杯子、各種氣味、感官、辣或不辣。每個人生活日常所遇，詩句令我們的「主體」移進去，時間分隔也不知不覺消退了，四億年的米，慢慢成為粥，你覺

---

[2] 翁文嫻：〈評論可能去到的深度——介紹法國詩論家莊皮亞・李察（Jean-Pierre Richard）對波特萊爾處理的效果〉，《創作的契機》（臺北：唐山出版社，1998年），頁23。

得很有道理，沿著河流，這些高僧的糧食分布世界各地，你覺得對啊，意念很美啊⋯⋯。於是，讀者身體內在的結構，緩緩被新力量重新組合。

近年「跨文化」情境興盛，中研院剛退休的彭小妍，做了令人難忘的各方研究與推動，她提出：「與他者的文化混血，是自我創造性轉化的不可或缺因素」，又說：「自我認同的生成，乃建構在與他者互動融合的過程中。」[3] 用這麼「時代流行」的論述讀俊龍的詩，馬上感到，他不只是「跨文化」情狀了，他更有如「消逝」了自身，「空」了主體，他「沒有」了，所以瞬間帶我們摸到河馬又濕又滑，而且看到那塊大地是一件衣服，「包住」一個和尚？

如果人們還帶著一些些主體，才可以意識到「我正在跨文化」，但是，如果「我」更迷戀對方，喜歡「變成」對方，「進入」對方呢？那麼就是黨俊龍詩的世界了。有如法國哲學漢學家朱利安（François Jullien，1951-）說的，華人世界的主體性，常常是「虛位以待」，我們身處的世界，猶如一個勢場域。中

---

[3] 彭小妍：〈中元祭與法國紅酒──跨文化批判與流動的主體性〉，收入彭小妍編：《跨文化情境：差異與動態融合 / 臺灣現當代文學文化研究》（臺北：中央研究院中國文哲研究所，2013 年），頁 225、230。

文的「勢」這個字,最能表現「變化與形塑,溶為一體」。在《從存有到生活》[4]這書,說出:事物並非「存有」,而是「傾向」,事物因其重量,不停地按某一種方式轉變,永遠在「輕微的改變」中。

因為朱利安的漢學有哲思的雙重體驗,我們讀到俊龍詩,自一件物體(物質),不停地滑動至另一界域(時間之不同空間體積物種之變異),完全沒有妨礙。讀者沿著詩句一字一字之間,就抖落一切的塵擾,如莊子所言藐姑射山的仙人,飛來飛去了。

黨俊龍詩集共分四輯:第三輯是散文詩,讀者如果不習慣他的語言,可以先看散文詩。〈雞的夢〉,他早上刷牙問爸爸,知道雞做些什麼夢嗎?爸爸說:「你覺得我是雞嗎?我怎麼可能知道。」這句話令我笑了許久。後來,俊龍說他知道雞的夢。「一定是玉米粒變得非常巨大,蟲子變得非常巨大」,爸爸問他:「你怎麼知道?」俊龍說,他也做過同樣的夢,他也是一隻雞。

---

[4]〔法〕朱利安著,卓立譯:《從存有到生活:歐洲思想與中國思想的間距》(上海:東方出版中心,2018年)。

他的詩,將日常生活時間內對象物的經驗與感覺,慢慢移位成自身的真實。

　　我們在這樣快速奔跑的世代中,不知怎麼樣找到自己?這首〈雞的夢〉,最後他喝著爸爸泡的黑咖啡,像爸爸的黑眼珠。「看著爸爸的黑眼珠,我在想爸爸的夢,爸爸的夢裡一定全部都是我。我一點一點地喝,天就白了。」這首散文詩很容易進入,也很能表現到俊龍詩的特質。

　　俊龍說:「我僅有的一次狂喜的經驗是當我發現無意義。真正的快樂是,一個白影會牽引出越來越多的白影,我和他們一起排隊。」(〈手指斷掉的感覺〉)我們要如何在不斷分辨、分析、研究的對象世界中,突然抽身?真的,跟著一個白影,不為什麼的在等候,那麼個一欄一欄、片刻的光源真是美。

章魚墨汁我

輯一、觸手的個別活動

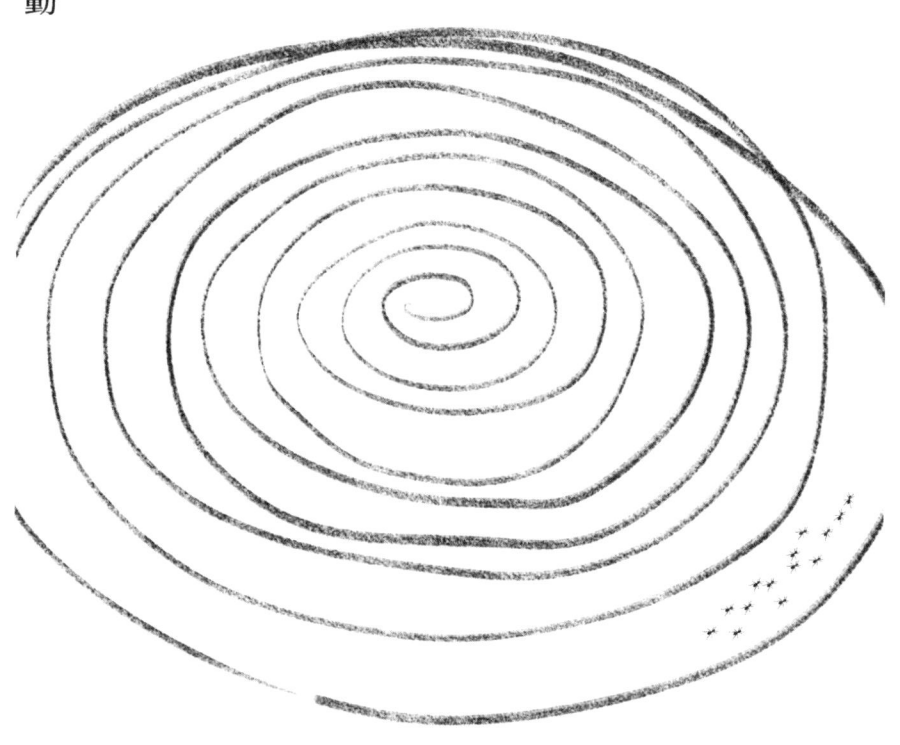

河馬給我的感覺

河馬給我的感覺是一種滑
類似冰的啤酒瓶
我曾經摸過那種濕
詩是那種冒泡
我的杯子越來越小

我只看過一隻河馬
全身在哭泣
濕的那種
牠踩住夏天
一如雨那麼碎
我裝酒的杯那麼碎

比別人都碎
那些分割雨的鳥
牠們灰
準備弄髒這個世界

曾有一個望遠鏡屬於我
是我在夏天找到的
我用它來看我喜歡的人
那麼多隻河馬
我只看見他

那爆開的花摘下來

我允許你當鶴
你要比腳還長命
你要踩死不存在的
躲在高草背後的
暗暗的人

我的命如腳指甲
皺摺和死皮已經注定
但要是我爆開
要是我暗暗的
我會分開我自己

我會透過羽毛看你和你們
你和你們的沼澤相似
在適合打扮的日子
你們粉紅色

神也跪下來替我洗腳
摸摸我的指甲
使其透明
祂長滿羽毛的手
令我笑
令我想起被踩死的你和你們

善良的水

又有一些屍體飛過
令我想起一座深谷
想起自己是一座深谷
所有善良的水
流向我
給我一些瀑布
一些無意義的上流的語言

有了魚以後
水就走了
留給我一些屍體
一些無意義的枯朽的樹枝

青青小草開滿了我
讓石子滾下來
不讓水滾下來

紅豆

那是鳥的眼睛
不是紅豆
鳥不會永遠停在一棵樹上
一顆紅豆又如何
不停在一棵樹上

樹老了
才開始掉紅豆
傷心的血在地上
後悔自己是一棵相思樹

年輕的少年走來
拾走一顆紅豆
掉了幾顆淚
那是紅豆
不是鳥的眼睛

他是幸福的人

我路過一個波浪
開門的是一個幸福的人
他的屋頂是一朵大紅花
有熱熱的水從我流出
蜘蛛給我的衣服已經融化

我在等地上的圓形
有人在大雨之後冒出來
他是幸福的人

我充滿血絲
在想昨天的下午的雪
在澆花
踩過別人掉落的積水

雪一直下到去年
那時我在澆花

泥土有人
泥土是人
他有長長的眼睛
他有地上的圓形

我想起今天
四分五裂的波浪
一下子就沒了

打開門讓紅筷子進來

我記得他總在雨的兩點之外
他沿著屋簷剪
拇指與食指此刻距離好遠
這些都不在我眼前發生
那把剪刀
充其量只能發聲
它轉告血
血轉告我
我利用閒暇時刻忘記耳朵
如何杯
如何不燙到自己
羊奶的兩點之外
我滴了出來
成為山的橫眼
被霧模糊之前
我撐開
看見他沸騰

我逐漸不明白小心跟剪刀的關係
但我樂見萬物的分開
如同羊頭上的兩根角

故事

沙灘和沙漠的不同
不是因為
螃蟹和駱駝

我經過沙漠時
駱駝也經過
還有一個阿拉伯人
阿拉伯人給我一顆沙子

我經過沙灘時
螃蟹也經過
還有一個阿拉伯人
阿拉伯人給我一顆沙子

我帶著一顆沙子
和一顆沙子
向每一個經過我的人說

沙灘和沙漠的不同

只有一個阿拉伯人
停下來相信我

生氣

每一顆月亮
排在一起
像一群人在河邊
對河流發脾氣

一排路燈
低著頭對馬路
發脾氣
生氣馬路帶走一輛
又一輛的車
卻不帶走路燈

生氣在河邊
河流穿過一座又
一座的橋
永遠只是穿過

橋上有一群人
低著頭對水面
發脾氣
生氣每一顆月亮
排在一起
那麼像自己

撿到一座湖

現在心情像
狗在一片草地上
山的頭髮那麼多
到裡面去
撿到一座湖
湖是山遺失的耳環
照照鏡子才發現
美麗的人不明白
耳垂本來就是
一座美麗的湖
照照鏡子
臉像一面牆面無表情
遺失的一片蘋果
在面前變黃
蘋果本來就是一顆的

蛋糕

很多蛋糕圍繞著我
我把一塊放在馬路中間
像把草莓放在蛋糕中間
我把草莓蛋糕
放在陽台邊
像把馬放在懸崖邊

如果兩塊蛋糕結合
草莓應該放在哪一塊上?
如果馬有兩隻
必須一隻跳下去

我把一塊放在你的盤子上
把另一塊
也放在你的盤子上
我把我的盤子
丟在地上

朋友

在森林我有兩個朋友
我們愛吃核桃
如果有五顆核桃
剩下的兩顆
我們丟進火裡

我們喜歡彼此
儘管喜歡和討厭
這兩個詞那麼靠近

我們那麼靠近
像三隻烏鴉
長得一模一樣
站在樹上
樹枝也不敢斷掉

太陽如果要把我們曬黑

全部都要一樣黑
如果要生火
我們三個躺下來
才有火

火如果要滅
我們三個一起滅
剩下的兩顆核桃
就留在一旁

給我死去的奶奶

多年前我也在葉子上
是一棵樹的耳環
作為鑽石
在思考一些多邊形
陽光有多重
我便有多重

重得變硬的夢
長長的腳掛在空中
有一半的雲一半的鳥
他們分別在昨天與今天
向我眨了眼

我今天閉上眼睛
想起我死去的奶奶
她也閉上眼睛
嘴裡含著一顆珍珠

作為蚌類
有硬得真實的殼

打開來我死去的奶奶
躺在裡面又掛在空中
一半的她縮成一炷香
煙和光的雷同
在於他們的味道
令我打噴嚏

我打個噴嚏
葉子就全部落了下來
別追我了
乘著風的葉子

刺青

隨血而來的是
一隻老虎
是他邀請我
一起狩獵
我喊老虎
他的槍口就走出一隻

走過
留下血跡
老虎走向我
從此停在我的手臂

從此我愛上狩獵
他把森林給我
給我槍
他喊狼
我的槍口就走出一隻
停在他的胸口
「永恆的東西多美」

「你身上有一座動物園」
只有最親密的愛人
才能參觀

愛人有天會走
這些動物不會
我販賣這些動物
給願意流血的人
流血的人會記得
永遠記得
一隻動物如何走向自己

如同我記得一隻狼
停在胸口
我記得是他邀請我
一起狩獵
我才成為獵人

你看過地衣嗎?

和尚把衣服
攤開鋪在地上
他問我
你看過地衣嗎?

我沒看過和尚
沒穿衣服
只看過不多的米
在他的碗裡

這些米四億年後
會變成粥
吃不完
就讓河水吃
四億年前
就有地衣了
你沒看過地衣嗎?

你穿你最美的一件衣服
到河裡洗澡
衣服放在岩石上
四億年前
有人洗澡
只是忘了拿他的衣服

他

他帶著帽子
把帽子裡的頭髮
困在帽子裡

他是我喜歡的人
他閉著嘴巴
把嘴巴裡的舌頭
困在嘴巴裡

他來自花園
很遠很遠的花園
他說我生日時
帶我去

他說我像一枚硬幣
只是掉入河裡
找到我時

他沒有呼吸

他把畫拿下來
又掛上去
又拿下來
他說搖一搖
畫家就會醒過來

他問我什麼是美麗
我說是一個人
潛入很深很深的水裡

他問我什麼是愛
我說是花園裡的兩個人
把自己困在花園裡

水草

　一邊跑
衣服一邊掉下來
穿過房間一間一間
像穿過嘴巴一張一張

來到鏡子前
看湖水被吸乾
只剩下一些水草
一具身體
穿上水草
好好當一株水草

一間房間有一人
在吞劍
一邊吞劍一邊說
「我的劍呢？」
另一間房間另一個人

在吹笛子
蛇在搖擺
一邊搖擺一邊說
「我像不像一株水草？」

把劍佩在腰間
防止笛子
把湖水吸乾
防止兩個人
相遇在一間房間
防止嘴巴和嘴巴
見面在一座湖邊
把湖水吸乾

向鏡子鞠躬
繼續跑
水草一邊掉下來

兒歌

兩個圓形的樓梯
我並不感興趣
玉米的生長過程
人群聚集在一處觀看
噴火的人在噴火
我在酒吧唱一首兒歌
給憂鬱的大人聽

我沒有意見
電影結束在他被送進醫院
花五顏六色可是與我們有什麼關係
我只是人群中的一個
麵包烤好就會彈起來
警察和護士結婚之前有人在地鐵裡
拿走別人的錢包

我把一個盒子鎖起來爬上樓梯

有人追我誤會我以為我拿走別人的錢包
擠檸檬汁一滴給玉米
它們的顏色一樣
這件事讓我開心一整天
讓我想在晚上到酒吧
唱一首兒歌給憂鬱的大人聽

港口旁邊人群聚集的地方
有一把刀在切魚像一部電影
我只是人群中的一個
擠一滴檸檬汁
在一個下午服務生端著食物走來走去
酒杯圓圓的我並不感興趣

兒歌是這麼唱的
可是與他們還有什麼關係

輯二、

牆壁跟海報的那種視線

神秘的皇后

箭射穿蘋果
蘋果在牛的背上
今天的收穫
是一隻牛

牛的尾巴
神秘的皇后
紅寶石
一整籃的蘋果
那神秘的皇后
跳動著

滿頭的亂髮
牛的尾巴
箭
今天的收穫
那神秘的皇后

在地上
市集裡的地上
水果店只賣一種水果
跳動著
一顆心臟

紅寶石
閃閃發光的紅寶石
人們圍著
那最後一顆蘋果
那神秘的皇后

牛
牛的尾巴
今天的收穫
是一支箭

蝴蝶蝴蝶

我保護一隻蝴蝶
像夜裡我保護
一根蠟燭

我的手指
越來越短

一群精靈
飛進我的眼睛
變成蝴蝶
飛出我的嘴巴

我的手指
越來越短

斑點佈滿我
我失敗

天亮的時候
人們發現一隻孔雀

可是我想告訴世界
我的體內
還有一隻蝴蝶

揮揮手

你知道布
並且希望如果我
滴下來

飛機停在藍天
卻不滴下來

藍天是騙子
是一大塊布裡面
有我
有種子

幾天不見
飛機長出來
種子裡面
飛機長出來

我揮一揮手
手裡拿著一大塊布
你在飛機裡面

相信小孩

雪山相信雪
我相信小孩
幾隻雞
殺死一隻烏鴉

笑一笑
像一隻烏鴉復活
信箱裡的苦瓜
相信信箱

我的手
沿著柱子
一圈又一圈
苦瓜熟了
才得到一封信

我不相信雪山
我是其中一隻雞
被小孩追

飛著的你

如果你的帽子
飛起來
你也跟著飛起來

如果我在磚塊上面
我就會和很多磚塊
在一起

如果很多帽子飛起來
就會有很多你飛起來

如果我喜歡你
我會喜歡全部飛著的你

如果我喜歡你
我會和全部的磚塊
一起喜歡你

長頸鹿噩夢

最美的那個少女
脖子上有一條項鍊
遠遠看
像一隻隻螞蟻
繞著她的脖子轉

她的脖子在轉
像一疊蚊香
遠遠看
是一串彈簧

她是那種
會從箱子跳出來的
最美的少女
尤其是她的脖子

她的脖子
是世界最長的滑梯
好奇的孩子
一個個失蹤

百香果

百香果裡面
人越來越多
一顆一顆頭
頭髮怎麼那麼黑

火箭和蒲公英
同時飛走
一顆一顆頭
抬起來

血啊
不是血
是百香果汁
滴下來
頭髮還沒有乾

火箭裡面

有沒有空姐
蒲公英的頭髮
怎麼那麼白

令我想起一條拉鍊
和一位空姐
拉鍊拉好
又是一顆完整的百香果

人或者雕像

我知道有人想我
所以杯子落地
還好我只是飛過
產了卵就飛走
長大以後才明白
只有人才學得會
人的語言

舌頭上的卵
各奔東西
有兩顆來到眼睛
有一顆在我最長最長最長的中指
中指告訴我有人想我
像頭斷掉的雕像想
自己的身體

我記得那根中指

挖了好久才有水晶
我把水晶搬回家
雕一個雕像
給他長長的中指

只有雕像才學得會
雕像的語言
杯子落地破碎
集合
又成為一個杯子
如果有轉世
又當人怎麼辦？

舌頭說有人想我
我卻想著雕像

水母

只有你叫我
我才會從水晶走出來
因為那天
看見我跑進去的
只有你

只有你看見
我穿過我的肚臍
穿過你的肚臍

我打坐
在一根針上
穿過我的肚臍
穿過你的肚臍
回到一開始

只要我們合作

我們可以操控時間
回到一開始水晶
只不過是一顆肚臍

水的母親
我們的母親
那天
那天我們連針都不是

光頭

我的頭發著光
它曾經是神
吃著的冰淇淋
三顆中最上面那顆
掉下來掉到我脖子上

我不覺得意外
如果太靠近太陽
會造成日全食或者
太挑食只吃冰淇淋的
神也像個小孩和冰淇淋
一起哭一起讓風箏卡在樹上

再哭久一點等太陽被遮住
會有從土裡浮出來的神
向我解釋快樂
和不快樂以及解釋

失望為什麼卡在樹上不下來
和為什麼失望

我擔心但也只能
看著火箭突破
沒有一點裂痕的天空
利用這個畫面
如果沒有這個畫面
我不會相信消失

的確不發光以後
我就可以證實
自己已經死亡已經可以
光明正大想像火箭爆炸
火箭就真的爆炸
讓沒有一點裂痕的天空
保持沒有一點裂痕

鴨子從天而降

裝滿水的電視前面
我思念鴨子成群
從天而降
還有浴缸一直孤單
等自己長出
世上沒有的另一個浴缸

那些鴨子那麼整齊
我還有什麼理由
變化形狀
我還能不能踏進浴缸
卻不溢出一滴水

我不能讓一滴水
不能讓裝滿水的電視
複製自己
而變得整齊

還好我已經失去
凝固的能力
我只願自己能永遠不斷
從天而降

經過游泳池

鳥在吃麵包
麵包比鳥還大

保持一定的距離
我看見手
變成蜘蛛

麵包逐漸變小
鳥逐漸變大

我正在解剖
一座游泳池

歡迎參觀
蜘蛛的八隻手
其中兩隻
舉起一座游泳池

而鳥
鳥在池邊喝水

一體

延長一條河
魚和那些死去的孩子
也一起延長

臉和時鐘的臉
如何長久在地球上
作為一位客人
只拿得出來
無法看見的門
是為了試驗
有誰會脫鞋
而有誰會接受引力
不斷延長
坐在蓮花上的時間
看魚和那些死去的孩子
是否已經融為一體
客人和門

臉以及時鐘的臉
是否已經融為一體

茅草趕走蚊子

跟著我
像蚊子跟著我

每一次茅草
長大成人
每一次
我的骨頭揮手

屋子和蛇
誰的嘴巴更大
一大串的葡萄
是我的基因

訓練牽牛花
是我的才華
直到我發出香味
吻了鳥

我才永永遠遠淪
為茅草了

在海邊

許多手掌衝過來
一直一直

一直有我
拍手
控制陽光

陽光
讓我變深
手掌伸進來
摸不到底

我變身
一直一直

猶豫
要成為手掌
或者向日葵

今晚

吐一口痰
就是天上的雲
雲啊也是拔不掉的
鬍子

今晚
今晚你要送我什麼禮物

襪子裡面
伸出一條腿
火柴盒中的一根火柴
就要點燃一根蠟燭
森林著火這樣
全世界都會知道
國王死前
把一把劍交給王子

今晚你要送我什麼禮物
今晚

我一把劍
你一把劍
我們躺在火柴盒中
看雲變紅
天上的血
摩擦一根火柴就在今晚

覺悟

在枯葉中
我曾經隨風上升下降
死不了但最壞的打算是
變換自己的顏色

那些樹扭曲
似一種暈眩
那些蟲扭曲
在催眠我

即使在陽光下
我堅持油漆
製造幻覺

其他人以為我是果實
但我知道我不是

在海上騎單車的小丑

玻璃是堅硬的餅
皮有一片海有一個
騎單車小丑他
認為世界是氣球做的
氣球做的船在一片海
小丑決定都送給我
包括很多情緒以及
一些表情讓小朋友
隔著玻璃也可以成為
被觀看的動物如此一來
交換身分以後溜冰企鵝
背著書包上學放學上學放學
如此黑白分明的生活怎麼能
讓餅皮柔軟讓餅和皮分開
我以及我分開交換身分
我總是說我還是我你總是說
你還是你可是小丑說沒關係

沒關係反正世界是氣球做的
他說你看那個玻璃玻璃不能吃

我在草原中央看見袋鼠

在袋鼠的袋子裡
上廁所
洗手之後
遺失自己的手

手寂寞
想像它
在寂寞的草原彈跳

它在彈一首歌
聽眾是一些袋鼠
以及其他廁所裡的人

利用夏天

利用夏天我分離西瓜和西瓜籽滿天的
星星我覺得它們好黑可是牙膏的用途很多
西瓜籽大小的用量就足以平均分配每人
一人一間全白的房間可以養各種喜歡的動物
散步利用夏天看其他人散步其他人分離在公園
是一個好地點因為有很多椅子很多椅子油漆
都還沒乾這個世界本來就充滿線條一不小心
擠成一團所幸圓圈代表有始有終也就不用在意那些星星
不夠亮不夠黃反正一下子就天亮了就什麼都沒有了
西瓜既然打開了就要吃完吃到什麼都沒有了
才算是好好地利用了夏天

蝸牛殼碎掉的意義

蜘蛛用網接住
墜落的我
我脫去衣服
逃離這座迷宮

我用手接住雷
經過每一隻螳螂
使牠們復活

這些精靈
也沒有衣服
個個長得像我
我討厭他們

我用一樣長的
三根手指發誓
我不會再長高

趁雷還在
我鋸掉椅子的
四隻腳

停在空中

我的時鐘停下來
關於我的許多事情
也會故障
一列火車卡在我眼睛

小鳥停在上面
世界對牠來說仍舊
運行著
那些蟲還在蠕動

但我停下來了
屬於我的燕子和蝙蝠
全都停在空中
小孩指著說
好漂亮的風箏

大人躲進屋裡說
惡夢惡夢

預言

木塊集體游泳
無規則仙女洗澡噴濺
水花至蛇的眼鏡
走起路來一拐一拐
就快跌倒的時候想起
這也許是最後一首詩
噴濺是否還來得及到現場
滅火唯一生還的是心
但下落不明最後一次出沒
是在河邊一首詩中
如何解釋為何身在此為何
是此刻消防員的眼鏡起霧
擦一擦森林也就清楚
樹一棵一棵跌倒很顯然這裡
沒有心很顯然這
也許是最後一首詩

輯三、吸盤多寡不影響步行

手指斷掉的感覺

對不起,我不能回答你的問題。因為有一天我在採辣椒時,一隻鳥在吃辣椒,牠一點也不覺得辣,因為牠感覺不到辣。「感覺不到」是一種什麼感覺?像是手指斷掉的感覺嗎?

曾經我穿越一枚戒指,獲得一項能力。那能力就是我可以再次穿越一枚戒指。可是我並不因此覺得快樂。我僅有的一次狂喜的經驗是當我發現無意義。真正的快樂是,一個白影會牽引出越來越多的白影,我和他們一起排隊。

我們只是排隊。至少在這麼多年以後,我才說得出來眼睛的位置。我沒有刻意忽略,或者跳過前面的人。終究在右邊的草叢裡,會有眼睛,會有人喊我過去。我不過去,只是吩咐草叢長滿辣椒。

等我被採下來的時候,我才知道被採下來是什麼感覺。

在一間名叫大腦的酒吧發現鼻子不夠

　　我只有一個時候會想要再有一個鼻子。讓鳥和許多牙齒，可以站在一起。原地彈跳，整整齊齊像美麗的人笑。露出開心果裡面的果實，但必須拔開才可以吃。可那就不叫開心了，如果什麼事情都要擲筊。我只有一個時候會相信有神，如果我能再有一個鼻子。

　　我盡全力跑向一隻鳥，撞傷牠。理由只是想要跟牠交換靈魂。乾杯，你喝我的酒，我喝你的酒。我們要一直原地彈跳，原地彈跳，原地彈跳。像一支牙刷在刷牙，上上下下。有時住在六樓，有時住在二樓。有時只想住在電梯裡。電梯，無非就是原地彈跳的最佳例子。

　　新的鼻子，樹的鼻子是一隻手伸出去。有沒有鳥，要飛來造一個屋子。我也想喊媽媽。我和牠們一起喊，媽媽媽媽。行人經過都說，好像要有壞事發生了。壞事不是乾旱或者洪水，壞事是瓜子，瓜子裡面沒有東西。

瓜子也是有些人的眉毛。那樣小小的，像還沒有飛過來的遠處的鳥。也像一滴黑血，慢慢滲透出來。下面應該是有石油的。我已經聞到石油的味道，連味道都是堅硬的。彷彿下一秒就可以變成飛機或者太空船。在飛的時候，像瓜子在飛，飛往遠處越變越小。也像一滴黑血，倒帶慢慢流回去。

　　連我也質疑自己。扶世界最大的洞穴過馬路，它摔破了一個洞。黃昏的時候，我打開啤酒，喝，看蝙蝠和燕子如何交換身分。啤酒罐的洞，我喝。原來交換是如此進行，有點像接力賽，重點不是那些選手，而是那根棒子。那根棒子才是靈魂。

　　我必須接住。如果天上掉下來，第二個鼻子。或者地上冒出來，第二個鼻子。它們就可以大聲地對眉毛、眼睛、嘴唇、耳朵說，我們也和你們一樣是兩個了！這該有多驕傲，我想我可以體會鼻子。我常常看見它被霸凌，你一定也看過。那些眉毛、眼睛、嘴唇、耳朵都圍著鼻子，在臉上。

　　為什麼會如此沒存在感呢？一隻透明的水母。那根棒子。在臉上的鼻子，以及不在臉上的鼻子，以及即將會在臉上的鼻子。我好奇一隻透明的水母是如何第一次被發現的。是不是要等到發現了第二隻，才有人敢承認此物種的存在。第二次看見才能

肯定,這不是幻覺。

　　我相信自己的眼睛,但是更多的時候,我更相信鼻子。我到過一間酒吧,吧台後面的調酒師就是鼻子,他三頭六臂,不一會兒就做了一杯給我。是他告訴我的,我都寫下來。這間酒吧名叫大腦。是他告訴我的,最近人手不足。

好像

　　好像鹹蛋切成兩半，我喜歡切東西的感覺。我看著一個眼睛變成兩個眼睛，如果前面有一個分叉路，我會選擇將自己切成兩半。為什麼從來沒有人喜歡切東西的感覺？

　　我家後面有一條河，小時候都到那邊玩。這條河現在長大了，和我們一樣長大了。它變得髒髒的，好像奶茶的顏色。有人在它頭上蓋了一座橋，我覺得難過，我猜想它是要結婚了。誰叫它穿著婚紗！我想來想去，覺得它應該是要嫁給那隻大青蛙。

　　說到那隻大青蛙，牠從來不穿鞋子。牠說彩虹喜歡不穿鞋子的人。你有看過彩虹穿鞋子嗎？不穿鞋子，就沒有人會知道你去了哪裡。這樣你就可以隨隨便便，溺水或者變成酒。

　　總之當你靠近太多的鳥時，你要想像自己是麵包屑。有人會把你撒在地上。雖然曾經你是麵包，但是曾經的曾經，你是麵粉。現在你在地上，很多鳥會衝著你來。你會再次被撕開。

我不小心把秘密說出來了。不過,不要相信雨水的話,在不同地方,它都說不同的話。

關聯

我知道一種關聯。這種關聯是豹轉頭，烏鴉也轉頭。我有五秒的時間，去找螞蟻藏起來的白糖。永遠有一個地方只有我知道，讓睫毛能夠舉起白糖。有一個聲音叫我睜開眼睛，我才睜開眼睛。

很神奇的是那些文字。它們有自己的格子，在那間傳統中藥材店，枸杞有它自己的格子，當歸也有它自己的格子。我開始擔心物種滅絕，可是我卻喜歡寺廟的味道，柱子上的龍開始動了，要飛走我也只好讓牠飛走。我喜歡的味道。卻有一人正在一旁努力，把羚羊的角磨成粉。

我搞不清楚一個抽菸的男人，也搞不清楚一個抽菸的女人。搞不清楚那一大片的圍牆，圍牆上面的玻璃碎。如果說有人長得很高很高，就一定會有另一個人長得更高更高。我怎麼能不相信有人可以透視？我就一定會知道，他的手是不會流血的手。他不會流血的手，這要我怎麼能不擔心獨角獸以及我搞不清楚的獨角獸的角。

對了，還有那些石蓮花。比起它們的樣子，我更喜歡它們的名字。如果我姓石，我也要叫蓮花。然後我只開在堅硬的圍牆上，是巨人的花裙子。現在城堡，以及那些大砲，會認識我了。

女巫來的時候

　　我先說一個謊。如果女巫要我的手臂，我不會給她。頂多不能和其他人手牽著手，在空地圍一個圈，等待神仙降落。等我下次再見到他的時候，只剩下衣服。他的衣服說，我會永遠純潔。

　　這樣，章魚向我游了過來。是誰給牠那麼多手臂。喜愛純潔的牠在我膝上睡去。如果女巫這個時候來，我就可以肯定這是一場章魚的夢。

　　你們也會手牽手嗎？永遠永遠，繞著我轉。我就要把衣服都脫去，火箭那樣飛。好黑，你的手他的手。你們的手，剛剛摸過外太空。讓我告訴你們一個保持純潔的方法。那就是改變血的顏色。

　　可是如果女巫來的話，你們要記得說謊。

在海上騎腳踏車的小丑

　　在海上騎腳踏車的那位小丑是一張海報，貼在我房間的牆壁上。我曾經寫過一首詩給他，寫給他黃黃的帽子。只給他，住在我的房間。他呀，他的身後跟著一大群，一大群的孩子。隱形的孩子，失蹤的孩子，浪花的孩子，冒泡的孩子。

　　他不喜歡我寫詩。他不喜歡他黃黃的帽子。有一晚他生氣告訴我，那不是帽子，那是他的頭髮。他指著我的詩說，那不是詩，那是一大群，一大群的孩子。

　　我和他是在一座橋邊認識。在認識他之前，我先認識他的氣球。他的氣球說，我可以認識你嗎。我看著他的氣球變成一朵花，我回答好。那是一顆綠色的氣球，他是綠色的。我有時不知道，是他的氣球在說話，還是他在說話。

　　常常我坐在他的面前，像坐在一個幻覺面前。他腳踏車的兩顆輪子轉動催眠我，看透我。我和氣球一樣赤裸，一樣膨脹，一樣留下一條線。在這條線的上面，我們行走。他不斷告訴我，

我是誰,一點也不害怕我會掉下去。

　　在我第一次聽到「我是誰」時,我差點就掉下去了。是他拉住我,用他自己的線。他說我是氣球,我是牛奶。我同意他說的。我是一灘牛奶正流進水溝裡。我要滴在老鼠的額頭上,我要滴在他黃黃的帽子上。

　　他再一次生氣我說我喜歡他黃黃的帽子。他生氣的時候,我看不見他身後一大群,一大群的孩子。隱形的孩子,失蹤的孩子,浪花的孩子,冒泡的孩子。我看不見自己有沒有在裡面。

我有一個抽屜有很多東西

我喜歡看有人在砍柴。飛濺出去的碎塊，多麼像靈魂。我是在那時候，養成撿拾東西的習慣。我想像有一個匆忙的神，正趕著前往宴會，他不知道一路上，他掉了那麼多東西。

有時我會覺得，他是故意的。他想把這些東西給我。因此只有我能夠看見。我看見的東西都是突兀的。比如在空曠的什麼地方，突然有一顆形狀怪異的石頭，我撿起來。比如在乾淨的什麼地方，突然有一隻蝴蝶的屍體，我撿起來。比如在無人的森林，突然有一個青蛙造型鑰匙圈，我撿起來。比如在海邊，突然有一個被踩扁的火柴盒，我撿起來。比如在火車坐墊之間，有一顆紫色小鈴鐺，我撿起來。比如在夜市很多腳之間，有一塊硬幣，我撿起來。

這些東西就是那樣出現在它們不應該出現的地方。因此它們吸引我。我從不問它們從何而來，也不問它們想去哪裡，就任性地把它們帶回我的房間，裡面的其中一個抽屜。然後馬上關起來，不讓媽媽發現，也不讓神發現，我害怕他要拿回去。就

算是神，東西給了別人，也不能拿回去。每次只要想著我有一整個抽屜的東西，我就覺得自己擁有一個全世界都沒人知道的秘密。我甚至夢見海盜闖進我的房間而驚醒，他們說他們在找寶藏。

我決定如果我有一個最好的朋友，我要給他看我的抽屜。我希望他不會覺得無趣，不會覺得我很奇怪，不會因為這樣而不和我做朋友。如果我有一個最好的朋友，我會花一整天的時間，和他說每一個東西的故事。我想嚇唬他，晚上這些東西都會活過來，在我的房間裡唱歌跳舞。可是我不會送他任何一個，就算是最好的朋友我也不會。

除了它們突兀，除了它們出現在它們不應該出現的地方之外，它們吸引我的地方還有就是，它們和我一樣，或者也可以說，我和它們一樣。我完全覺得自己可以和它們一起放在抽屜裡，而不會顯得格格不入。若是媽媽或者神有天突然打開這個抽屜，他們也都不會發現我混在其中。因為這個時候，我出現在我應該出現的地方，而且也不突兀了。

神還在趕路。有人又在砍柴了，飛濺出來的碎塊，多麼像靈魂。我忍不住想有一天，也會有人發現我在地上，把我撿拾起來，把我好好地收在他的抽屜裡。只要一想到這裡，我就覺得無比快樂，就覺得我像是有了一個最好的朋友。

寫生的自我誤會

　　你只伸出一個頭,窗戶就出現在杯子裡。那隻湯匙,裝滿你的家人。你甚至懷疑金字塔,懷疑頂點立有一顆高爾夫球。每一個洞都是你的頭。

　　你看著家人過期。野火燒過的森林長出更美的森林。大自然沒有眼睛卻盯著萬物,沒有身體卻緊緊抱著萬物。你如果察覺你,你會在哪個角落被盯著被抱著?

　　你如何舉例,你是在窗戶的裡面還是窗戶的外面。你只伸出一個頭。只好讓圓形去完成它的工作。而不是金字塔。

　　你的工作是去認識一位畫家,而不是認識自己。

雞的夢

這天我很早起來。天還黑黑的,我已經聞到爸爸在泡咖啡的香味。咖啡也是黑黑的。我擠了一點牙膏,就跑到屋子外面的地方刷牙。我先餵雞,然後一邊看牠們吃東西一邊刷牙。牠們喜歡吃曬乾的玉米粒,有時爸爸很開心的時候,就會買一大包的蟲子給牠們吃。牠們最喜歡吃蟲子了,爭先恐後地去搶我撒出去的蟲子,這時候牠們也和爸爸一樣很開心。

我忘記自己在刷牙,不小心刷了很久很久。因為我在想醒來之前做的夢,但怎麼都想不起來。我曾經問過爸爸,雞也會做夢嗎?牠們的夢是怎樣的?爸爸說:「你覺得我是雞嗎?我怎麼可能知道。」然後他繼續抽他的菸。其實爸爸開心的時候就很像雞,可是他自己不知道。後來我得出一個結論,雞也是會做夢的。牠們的夢一定是玉米粒變得非常巨大,蟲子變得非常巨大,所有的東西都變成玉米粒或者蟲子。我把這個結論告訴爸爸,他問我:「你怎麼會知道。」我說我怎麼會不知道呢,我也做過同樣的夢,我也是一隻雞。然後他又繼續抽他的菸了。

可是雞不用刷牙,我很羨慕牠們這一點。牠們的夢裡一定不會出現牙膏和牙刷這樣的東西。牠們現在看著我,我在想在牠們的夢裡,我是玉米粒還是蟲子呢?好希望我是蟲子,然後爸

爸爸是玉米粒。因為我覺得牠們更喜歡我,雖然牠們不知道這些蟲子其實是爸爸買的,不是我買的。

如果沒有爸爸,也就沒有這些蟲子,如果沒有爸爸,也就沒有我了。我把嘴巴洗乾淨,洗乾淨牙刷,放回原來的位置。我要去喝咖啡了,是爸爸泡的。黑黑的,像爸爸的黑眼珠。看著爸爸的黑眼珠,我在想爸爸的夢,爸爸的夢裡一定全部都是我。我一點一點地喝,天就白了。

我的腳邊冒出一顆顆水泡

　　今天我想要用另一個嘴巴說話。告訴你們一種黃色。沉澱在黑麥汁底部的芭蕾舞裙。過去的天鵝紛紛回到熟悉的我的湖邊。我的腳邊冒出一顆顆水泡。誰會安靜聆聽，住滿蟾蜍的沼澤。我已經找不到，找不到平滑的一面來呈現接近金色的黃色。

　　蟾蜍的背面。眼球的背面。折射出類似餅乾的光，可以直直射在舞台上，也可以馬上碎掉。一顆顆水泡，使我激動不已。使我又一次拉長自己的脖子，隔著黑麥汁，把一根吸管插進仙人掌。

　　沙漠正在上演一齣默劇。關於如何拔光天鵝的羽毛，關於如何拔光仙人掌的羽毛。我得到我的筆。全新的，來自盲人預言家的拐杖的筆。金黃色的墨汁，是我的血液，是我一出生就熟悉的金黃色的沙漠。

我在正中央激動不已。我張開嘴巴讓一隻隻蟾蜍出來。牠們已經抵達牠們的麥加。我抵達我的筆。我們在金黃色的麥加，跳天鵝湖。

輯四、我不含有意義及好的脂肪

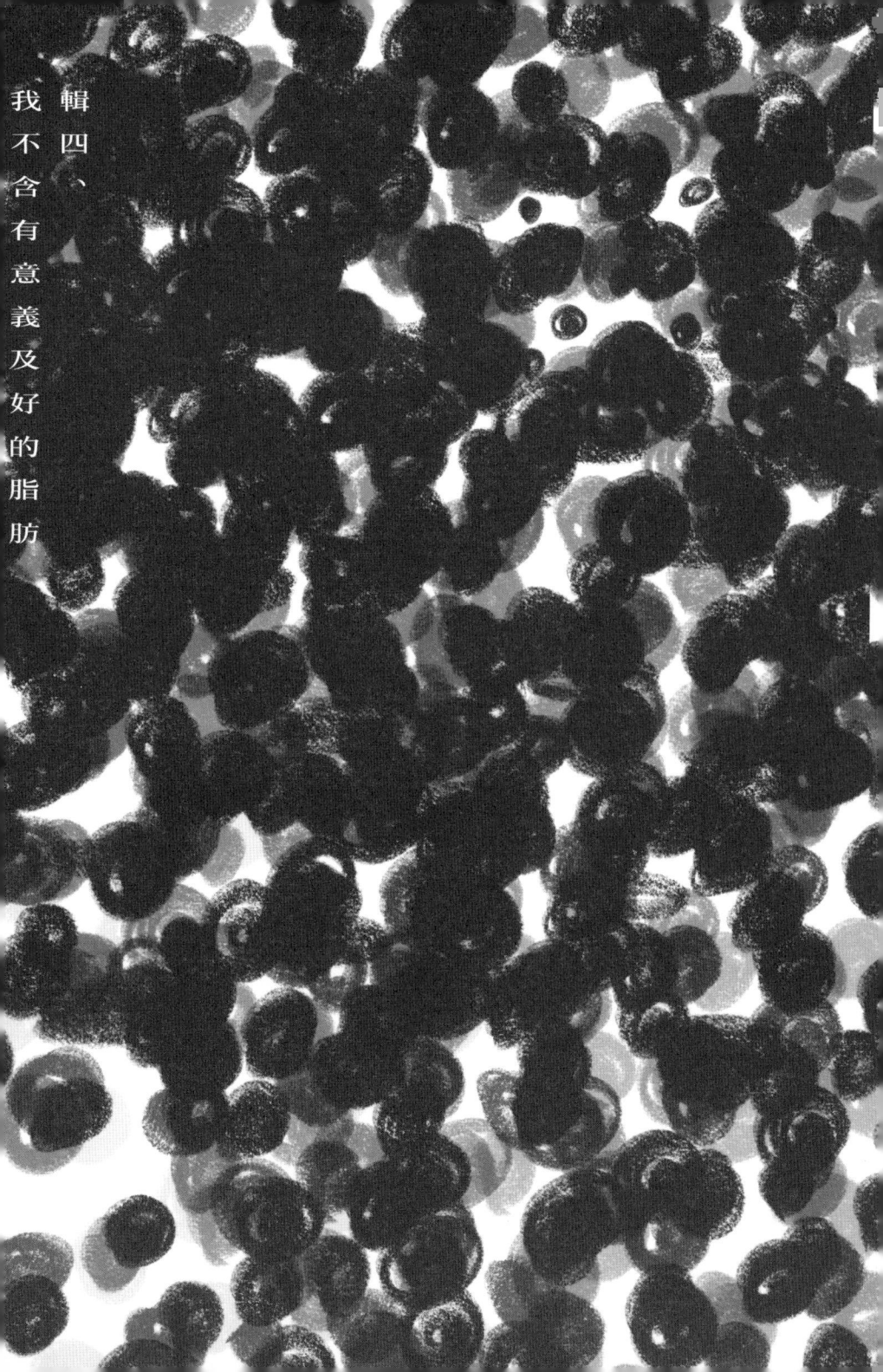

洗衣少女

一條河流進牛奶裡
少女擠出
一隻隻老鼠

頭巾以及項鍊
又一次被風複製

露出來是不禮貌
不禮貌的蝴蝶
蝴蝶的結

結果馬
沒有載人來
真正的男人
還在等馬蹄
等馬飛起來

一條河邊
洗衣
洗衣水

犀牛

犀牛屬於夜晚
月亮一般的角
刺穿多情的兔子

多麼純潔的牙齒
剛剛啃掉
一根紅蘿蔔

蘿蔔穿起褲子
決定
像個犀牛一樣
打仗去

謎語

火出生的地方
煙是媽媽

兩顆石頭吵架
多了一個爸爸
他來修理
乾掉的草

鳥紛紛掉了下來
他們的兒子
猜中天空的謎語

我眼中的火災

我親眼目睹一場火災
發生在兩根頭髮之間
那些煙老得
爬不動樓梯

我的樓梯
比起別人總是長些
從小就是如此
呼喊也是徒然
發出聲音只屬於那些
獅子或者狼

那顆總是不掉的牙齒
使我憂心
使我憂心的還有那些
源源不絕前來滅火的人

他們不懂火

火傳輸我

那是陌生人給我的

一匹燃燒的水牛

冰糖

那些冰糖同時
站了起來
形成冬天

羨慕冰糖
有五六隻腳
能夠同時
出現在世界
各地的市場

昨天他們站了起來
今天他們更高
高過冬天

他們就要過來
和我面對面
就要來同情我

分食我

看過他們
我才可以宣布
冬天來了

長大的證明

為了長大
我走到太陽底下
忘記長滿刺的
忘記全身由水組成的

醒來我不在自己的床上

我幫草地梳頭
參加他們的婚禮
和他們一起去找
不見的戒指

是的在緊急時刻
我想到的始終是
畫中的自己
擁有這幅畫的收藏家
被這幅畫

砸死

我要把長大送給他
長大的證明是打破
打破向日葵
童話以及太陽
我會發現戒指
在他們的肚子裡

在沒有柳葉魚的餐廳

酒杯全都轉頭
看著我
有如笛子的鼻子
只剩下泡泡
魚都沉了下去

我的脖子夾著傘
和一把小提琴
透明的觀眾
有的升天
有的在找救生圈

你問觀眾是誰？
觀眾不就是
那些黑衣使者
焦的米一般的

我愛他們的瞇瞇眼

看著我像沒有在看著我

死魚

在我說在乎的時候

他們又浮了上來

升天喲

唱歌喲

橫越天空的筷子

有如我手中的筷子

我製造的人

我製造的人經過我
就在剛剛
果實轉紅之時

蜘蛛從雲下爬過
我想起深山
寺廟的鐘
敲八下

陽光把我
鋸成兩半
果實紅得剛好

紅得嚇人他說
你不要沉醉於
液態的一切
包含水仙

井
你不要撈
骯髒的聲音

太陽神又敲
巨大的輪子八次經過
扁掉的蜘蛛網

四月

四月
洗澡沒有泡泡

蜜蜂討論
刺的有效使用
方法

於紙的手
於某某的眼睛
於座位空空

是的鷹在窗邊
撕日記撕自己的羽毛

團體輕盈
吹
是蜜蜂的語氣

送給泡泡
送給洗澡
送給四月

閱讀對象

對象是一個下午
重複拉開的窗簾

黑狗顯示重要性
吠很傷心
我蹲下來看循環

認不出來這朵那朵
海浪草莓暈眩
草莓的輪廓
神似我的影子

神啊
進來坐坐
白雞的脖子
我會扭斷

招待你
啼也很傷心

單純性

他如蛋白
如塑膠袋
如嬰兒油

剛拖好的地板
是他的情人
這不爭的事實

晶亮
浴室是他誕生之地
他不熟悉大事物

晶亮
他曾經是敲打玻璃杯
玻璃杯的慘叫

晶亮
化學物添加
使這個世界不公平

晶亮
碰到透明玻璃杯
他變透明

如此流
流入下水道
這不爭的事實

星星仙子令人生厭

星星仙子令人生厭
我許願的時候
鼻血直流

夜晚的缺點是
太誠實

我必須要說出來
流血的向日葵
通通被我割下來

我抱著它們
想起許多事

圓柱的自由
蝙蝠的盲
地上的一大灘水

星星仙子能夠看見自己嗎？

為什麼花

那些花反射
我的疑問

不小心被綁了
一條線
連到天上的手

它交給我
幾個句子

我就這麼拿著
不知道要給誰

春天的動作

遠離愛鞠躬
胃的形狀
春天愛跪在那裡

大地問我
怎麼老是提著籃子？

我嗎？

我要裝食物
很多很多
如同胃痛

咖啡豆要曬下來

下雨時算命
容易滑倒
你相信
一串
而不是一顆

手腕因此被困
被散發
一種芳香
使人遠離

如果你可以消失
你也可以再次出現

如果欺騙一種氣味
使你高興
你可以一而再

再而三

而不是一顆

你種花
喝咖啡
失眠你使
算命成真

合理化

插著意味著佔領
缺少一名角色的後果
是我

蓋子已經扭開
水和油的目的是分離

意味著我不能
延伸對白
我嫉妒那些多餘的情節

鹽做的服裝便宜
要再模糊一些
模糊的效果
是人山人海

瞧！又一個瓶子漂過來

我玩弄黏土
厭倦具體

我所尊敬的詩人

折疊椅閉嘴
野餐的高潮
咀嚼
咀嚼

切成兩半的蛇
用來打結
送給他的禮物

搞得複雜
搞得複雜

螺旋迴紋針
由於三明治
夾著

自大
純粹是面積的擴大
他自大

哎呀
他已經有太多
太多的禮物

事情是這樣的,蘇菲亞

你一點一點回來
以歌聲形成你
以歌聲捉住我
嘎吱作響似古老的輪子
古老啊,古老

我的蘇菲亞
你背後的那棵橡樹
老得獲得一隻新的眼
無數隻中最年輕那隻眼
剛剛誕生,剛剛打開
正注視著我!
有如我在看著我

有如我在看著我
這正是恐怖的力量
斷的手掌滿地

新的又正落下來落下來
無頭的死鴿子
還來不及消化的穀粒
是地上冒出的冷汗

別,你別哭泣
顆粒使我生病!
我已難以附著於光滑表面
自從我目睹蛇吃光啄木鳥的所有蛋
我已難以,難以
再命令啄木鳥媽媽
我只能眼睜睜看著樹被戳瞎眼

令人無知的蘇菲亞
你就帶我去吧
我連血液都會隨著你起舞

那說明我愛過你
我是,我願意
手的摸
言語的無生命

你以什麼餵養我？
我感到宇宙在縮小
漸漸斷去的骨
碎在我的愛前
你踩過來過
你還敢再踩一次嗎？
你還敢你還敢嗎我的蘇菲亞？

已經沒有新鮮的腳底了
包括悲劇和我溺愛的
皺摺的雞冠依舊是雞冠
無法改變無法更多

讓我知道，蘇菲亞
什麼時候
你願意把我的無知還給我？
你願意
再次為我戴上雞冠？

收藏

迷戀一種薄荷
打開嘴巴
複數的葉子
蛀了一顆
拼命是在流失骨質
要不回來的那種顏色
浸泡在風裡的七歲啊
在正午的拍賣會
被買下來

思想讓開

前頭有束白亮激光
受批評的額頭燒了個洞
我打算在那種一棵櫻桃樹
用來造一副棺材

我的前世是個差勁的農夫
只知在玉米田裡寫字
謀殺烏鴉用牠們的翅膀
擠出墨汁

我收穫更為血紅的櫻桃
啞巴農夫的心臟
在一個興奮的黃昏
所有東西都遠去

好似一個生活的妻子
覺得稻草人和破爛衣櫥沒有兩樣

打水的人上山小心翼翼
一邊要唱歌一邊又擔心水滴出來

我自重疊中跳出
敘述那些無可比擬的
手語我心中閃閃發亮的
倒下的那棵櫻桃樹

當我在想中跳遠

貓頭鷹俯衝
避雷針不指著地面
樹上的問號掛滿
對面老人似是而非
我牛仔褲的破洞越來越大

木刺如何形成
如何不知不覺
當駱駝的睫毛

不要懷疑什麼是真
我的膝蓋露出來像日出
迷路的船迷在鯨魚肚裡

火車正開往台北
我的朋友在哪裡？
杯子有時是綠有時是黃

死掉的貓我埋在樹下
我的麵還在吃
海苔頭髮毛玻璃
想法剛剛才停在我肩膀
現在又要重來一次

湯匙對我的反應

陌生的口水喜歡來
湯匙圍成一圈
表達自己的用過和沒用過

實話髒了
湯匙彎曲
超能力確實存在

嘔吐是自然反應
海浪
就是海在嘔吐

水手不需要滿意平坦
漁網有兩個收穫
一個是我
另一個是詩

我被放在盤子上
湯匙快碰到我時
會自己彎曲

地上正心滿意足

豆芽有著令人稱羨的頭
很多豆芽有著令人稱羨的頭
殼曬乾會發出聲音

帽子就放進枕頭
帽子如果也想戴帽子
籠子也想
去年也想

黃昏隨著柱子倒下
地下酒杯電視球賽
輻射如果害怕自己
月球也是

先生的旁邊除了報紙
比他還高之外
就是機會了

火車咬著自己的尾巴
一年就這麼過去
籠子也是

連泥土也舉手投足
這一根根豆芽

苦艾酒在杯子裡

消滅在綠豆之間
升起來的氣
升起來的還有長手臂

呼吸的壞處是清醒
你沒有折疊窗簾
四方形經過
躲藏在碗的雕刻之中

我願意面對每次的午夜兩點一千次
地圖上手指按摩
拐杖的下意識
又點燃胡椒粒
一千次的東邊有我在去除眼皮

握手的建議來自雪山
討厭的那支釣竿我讓它

永遠沉入我讓它失蹤
直升機來了又走
確實是一種顯靈

龍舌蘭裡面住著一種蟲
像我的滋生
和蛋白質

新尾巴

蝸牛在夜裡發光
夜裡的黏液預示未來
十三歲就結婚
殼的外型那麼適合用來
裝滿獨角仙

小心不要生下雙胞胎
就讓山中的老婆婆教你切番茄
如何使用長指甲
爬越爛籬笆進入藥丸的膠囊

也許到這裡就足夠快活
夏威夷豆的原型沒有人在乎
塞一顆夏威夷豆在耳朵
真菌的箴言由真菌流傳

它告訴葉子隱形
告訴梯子去爬山
山於是接納蜈蚣的進入
接納花椒的縱慾
只不過多產這件事
它承認是個謠言

聽覺在變身的那一天毀損
竟沒察覺
獨角仙正一隻隻穿越籬笆

放慢皺這種現象

伸手要取衣架的同時
我被引領上樓

遠處的迷你老虎
不過是顆酸梅
拳頭皺掉

下午分享花椰菜
白天升旗
我喜歡他們打架

為了水的屋子
他們芥末黃了
從遠處回來
鋤頭皺了

我很好看
比起許多芥末黃
頭髮短短的
我忘記衣架的同時
衣服皺了

我小時候有件雨衣上面都是長頸鹿

影子討厭動詞
墳墓
每一次的幻化
麵粉阻止卻阻止不了滑
落水時分的每一次
那隻喜歡望向墳墓的眼睛望向我

我告訴擦鞋子的報童
我喜歡他沒有擦乾淨

因為那些老鼠也想被看見
是的那些不翼而飛的老鼠
快用詞語遮住我
精彩的分析飛鏢要射過來了

切斷睡了又睡的新鮮
空間的鼓面擺了一桌乳酪

和極似狐狸尾巴的背後

無力去爬梳每一顆開心果
也緊張於蛙類的曲折的腿
那麼健康那麼像以前的我
我會注意纖維和一些擴張

排列組合和滑
計畫著一種巧合
多出來的污穢
其實很像影子
我在悲劇和喜劇中
扮演副詞並永遠拖著

不自然界

有時我會注視肥皂很久
想起監獄和一些辨認
沒有四肢的兄弟姐妹
不再顯示

不再具體去扛水
走很長的黃色路
懸浮靈體回答問題時
你不可複製電梯下降

有些聲音來自折疊
有些火雞來自讚美
還有些
有些人
穿他們的背心
為了展示棉花

可我啊我恨棉絮和篝火

我在閃爍

我不明白門打開我就要進去

尖銳又過長之物

形成日曆

從來無需擔心天敵

閃爍的人會有天橋

地中海烤蔬菜

抓住欄杆
我不會再藉由玉米
去分散其他人的注意力
他們專心卻指著沸水
翹起來表示熟了
人與人之間厚重
頭皮屑彷彿
一種話題
我用烤的
去產生多絲的效果
使他人失去目的
蘑菇才是我的最愛
但我須不負責任地健康
別人才感興趣

國家圖書館出版品預行編目 (CIP) 資料

章魚墨汁我 / 黨俊龍作 . -- 初版 .
-- 臺北市 : 青木元有限公司 , 2025.04
　面；　公分 . -- (青木元文庫 . 青木人文)
ISBN 978-986-06962-1-9(平裝)
851.486　114001390

章魚墨汁我

作　　　　　者	黨俊龍	
青 木 人 文 主 編	高嘉謙	
責　任　編　輯	趙謙郡	
封面、插圖設計	青　婕	

總　　編　　輯	劉秀美	
發　　行　　人	魏美玲	
出　　　　　版	青木元有限公司	
	台北市北投區中央北路四段 515 巷 58 號 6 樓	
	電話：02-87681281	
	Email：originalart3233@gmail.com	
初　　　　　版	2025 年 4 月	
定　　　　　價	新臺幣 320 元	

版權所有 翻印必究